Le nuage policier

Pour Arthur et Gustav

Traduit de l'anglais (États-Unis) par Christelle Henry

ISBN 978-2-211-21590-9
Première édition dans la collection *lutin poche* : novembre 2013
© 2012, l'école des loisirs, Paris, pour l'édition en langue française
© 2007, Christoph Niemann
Titre de l'édition originale : « The Police Cloud »
(Schwartz & Wade Books, imprint of Random House Children's Books,
a division of Random House, Inc., New York, 2007)
Loi numéro 49 956 du 16 juillet 1949 sur les publications
destinées à la jeunesse : janvier 2012
Dépôt légal : novembre 2013
Imprimé en France par Pollina à Luçon - L66160

CHRISTOPH NIEMANN

Le nuage policier

lutin poche de l'école des loisirs
11, rue de Sèvres, Paris 6ᵉ

Il était une fois un nuage qui vivait dans une grande ville.
Depuis tout petit, il rêvait de devenir policier.

8

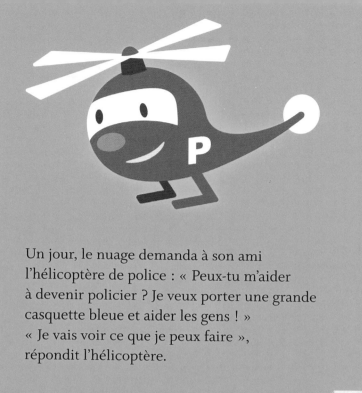

Un jour, le nuage demanda à son ami
l'hélicoptère de police : « Peux-tu m'aider
à devenir policier ? Je veux porter une grande
casquette bleue et aider les gens ! »
« Je vais voir ce que je peux faire »,
répondit l'hélicoptère.

Ils allèrent ensemble au commissariat voir le chef de la police.
« Je ne crois pas que nous ayons jamais eu un nuage policier »,
dit-il, « mais je veux bien te donner ta chance. »

Et ainsi le rêve du nuage se réalisa.

Dès son premier jour de travail,
le nuage aperçut un voleur.
Il était poursuivi par plusieurs policiers.
« Au nom de la loi, arrêtez-vous ! » cria
le nuage en se précipitant sur le voleur.

Mais, bizarrement, le voleur parvint à s'enfuir.

Le jour suivant, le nuage fut chargé de faire
la circulation à un carrefour très fréquenté.

Ce ne fut pas une
réussite non plus.

« Je ne suis peut-être pas fait pour arrêter les voleurs,
ni pour faire la circulation… » dit le nuage à son chef.
« N'y a-t-il pas autre chose qu'un nuage policier puisse faire ? »

« Tu pourrais travailler au parc municipal », suggéra le chef, « pour assurer la sécurité, aider les gens perdus, et veiller à ce que tout le monde soit content. »

« Ça me semble parfait », répondit le nuage.

Mais quand le nuage commença sa ronde,
personne n'eut l'air content…

Je ne suis pas fait pour être policier, pensa le nuage.
Il essaya de ne pas pleurer, mais ne put se retenir.
Alors il déposa sa casquette bleue et se laissa doucement
emporter par le vent.

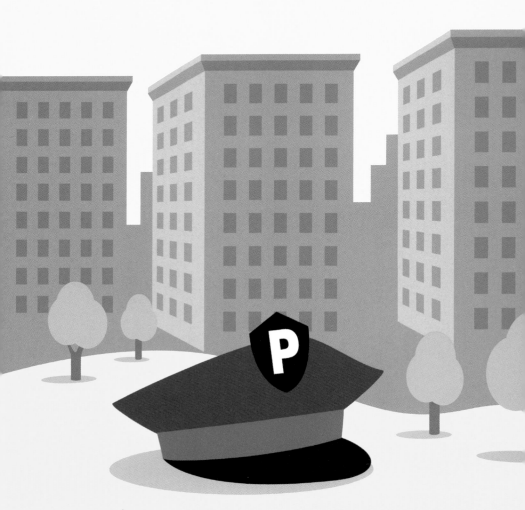

En dérivant, le nuage devint de plus en plus triste.
Bientôt les larmes coulèrent sur ses joues.

Le nuage pleurait si fort qu'il n'entendit pas
qu'une maison en flammes appelait à l'aide.
« Au secours ! Au secours ! » criait-elle.

Le nuage vint à son secours
sans même s'en rendre compte !
« Vous m'avez sauvé la vie ! »
dit la maison.

Quand les pompiers arrivèrent, ils furent très impressionnés par ce que le nuage avait fait tout seul.

Le chef des pompiers vint féliciter le nuage :
« Voulez-vous devenir pompier ? Un nuage comme vous
nous serait vraiment très utile. »

« Ça me semble parfait », répondit le nuage…

Et ça l'était.